CÍRCULO *Luna Parque*
DE POEMAS *Fósforo*

Sal de fruta

Bruna Beber

1ª reimpressão

Traced your scent through the gloom
'til I found these purple flowers
I was spent, I was soon
smelling you for hours

"Fruits of My Labor", Lucinda Williams,
em *World Without Tears* (2003)

Laranja

Tenho um traquejo absurdo com a laranja. Você precisa ver. Todos os dias, depois do almoço, uma espiral mais bonita que a outra eu consigo esculpir no tempo. Sinto orgulho da laranja e das espirais que desembrulhamos juntas, como quem desfolha o bem-me-quer. Antes, lavo as mãos. E depois de arrebentar o corpo da laranja com os dentes passo o resto do dia cheirando minhas patas, estátua de cão de jardim de infância. Não foi sempre assim. Mas amo-a, hoje, mais que o verde do sol. Ela é a síntese do que reputo em fortuna: água e amarelo. Das frutas, é minha única irmã, a do meio.

Tive outra, morreu recentemente. Seu nome era Brenda. Quando meus pais se casaram, minha avó materna deu-lhes um presente de casamento talvez incomum. Ela não comprou, fez. Chamemos esse presente de dedicatória. Ela catou no quintal — e na feira — e fez. Escolheu, catou e fez. Macerou e fez. Botou todo mundo para descansar e nessa espera continuou fazendo. Não comprou mas reaproveitou um vidro de maionese, fez roupinha de retalho para a tampa.

Castigada no azeite semanalmente desde a festa de noivado — Brenda estava nascida para a família antes da minha mãe engravidar de mim. Avós conseguem explicar certos acontecimentos. E a minha fechou a tampa do pote, apertou, embrulhou num plastiquinho e entregou para os nubentes dias antes da festa. É claro que Brenda não teve um bom fim, e eu soube por mensagem. Agonizada, morreu na última vez que a geladeira dos meus pais queimou. Chorei muito. Brenda sempre me fez chorar.

Quando nasci, já reinava ao lado dos ovos. Era de um atrevimento. Também metódica e lunática. Tinha um senso de humor abertamente insultivo, mas acolhedor. Características de um coração bom, mas imaturo. Alegrou muito nossas vidas, educou minha língua para inúmeras dores. Esse ano faria, pelo menos, quarenta anos. No último peixe ensopado e no último pastel de camarão, passamos sem Brenda. Já eu, sendo a caçula de uma laranja e de uma pimenta, cedo aprendi que o tempo é um grão.

Banana

Nem tudo que é barato sai caro. O macaco, na maromba, de merenda. Josephine, Carmem, Velvet, Gracyanne Barbosa. Não resta dúvida sobre a banana. A bondade desobriga-se na banana. A força está com a banana. Até uma banana sozinha faz verão. Quem dá banana empresta a Deus. Casa de banana, espeto de banana. Se a batata é a maçã da terra, a banana é a casa própria. Seu formato de vírgula não torna sua personalidade hesitante ou descansada, a banana tem peito de remador. Insuspeitíssima em qualquer ocasião, cabe até dentro da meia. Já pensou como seria sua vida se você não fosse um banana? Ali e aqui, é comum escorregar. A banana não sente vergonha, a desfaçatez é seu usufruto.

Dentro de todas as minhas bolsas você encontra uma banana. Pelo menos um pedaço de casca seca e preta, um fiapo. Adoro dizer o nome da musa em voz alta: BANANA. A bicha é fértil e um dia foi quiabo do lixo, mas com a invenção da fome se transformou em alimento. Da perspicácia nasceu o dia em que alguém, não se sabe quem, casou o açúcar com a banana. E, achando pouco, os convidou ao fogo. Até capim é possível comer com banana. A palavra *vigor* deveria se chamar *bigor*. A palavra *molde*, *bolde*. Tudo deveria começar com B porque a banana, sendo antediluviana, cai bem até com o caos.

Figo

Seco, um cu em frangalhos. Embebido como um coração em apuros. Uma buceta lapidar. É claro que todo figo tomou um susto porque está morrendo de paixão por um ninho de larvas. Mas o roxo é o oposto do amarelo e ele mais uma vez se acovardou. Por ser um sujeito galante, a feiura alheia não lhe causa qualquer temor, se soma à sua solidão e à maldição de sua beleza. Gostoso! Na geleia e no perfume, abre a penteadeira das emoções; na escala celeste só é contemporâneo do mel. E das fibras do mato nascem as brotoejas do amor.

Por fora, o primo bilionário da castanha, que também tem suas posses e, de tanto viajada, só aparece no Natal. Também primo distante do morango, primo sacarrão da jaca, é cheio de si. É da preferência do figo um caldo de cana com pastel, dizem; mas insistem em servi-lo de queijo francês. Porque sua penugem faz carinho o pessoal se confunde, mas o figo não dá mole pra Kojak. Até frequenta a mesma igreja da romã, que é adventista, mas sabe que sua roupa de missa é muito, muito mais bem passada.

Ah, alma dodói, chapéu de ovo, eu sei exatamente como você se sente. Vai passar.

Caqui

Lembro do meu pai, do meu avô e da Alice toda vez que vejo um caqui. É maio. Clima de caqui: frio de vermelho alaranjado. Compro caqui para estar com eles à distância, sentada numa mesa depois do almoço comendo caqui. Para comer caqui com eles vendo novela. Também para não comer caqui porque se estou com eles é melhor estar só com eles. Assim lembro de mim. Lembrando deles lembro muito de mim. Penso no dia em que enfim conhecerei o Japão para não comer nenhum caqui. Mas trarei lembrancinhas.

Limão

Se a vida te der, agradeça.

Caju

Sou carnívora e vulgar é o ouvido alheio. As frutas não têm pudores. As frutas não competem. Mas sua principal competência, repetirei até a juventude, é a paixão. Quem é fruta sabe que somos carne e alívio, o peso está no espírito e o espírito, só de busto, tem noventa e sete centímetros. De braço, a largura de um cacho de banana. Quem aqui narra e descreve, urde o corpo humano é o caju, afinal minha cabeça já está em outro tabuleiro. Ele lambe os beiços e nós lambemos seu beiço porque ai que palavra mais linda é beiço.

Lembra aquele dia há muito tempo em que você dormiu na praia? Quem velava seu sono, apaixonadamente, era o caju. Acabou que o dia não raiou mas outro tipo de aurora borbulhou sua vida e vocês resolveram conversar. Caju era menina e seu apelido era Juca. Você quis existir eternamente mas, para adiar a eternidade, preferiu convidar Juca para tomar uma água de coco. O quiosqueiro ofereceu castanhas e, entreouvindo a conversa, comentou: *em 1989 aprendi a palavra volúpia, agora vou lavar o chão.*

Palavras voavam dos seus olhos para os olhos de Juca. Juca não ouvia. Juca era tão rude.

Melão

O priminho insosso. Nem o presunto consegue lhe dar cartaz. Adestrado na autoridade da melancia e na arrogância do pepino, espelha e contradiz toda a tristeza do mundo em sua republicaneidade cintilante. É um janota sem humor, o parvo das previsões, e nota-se que até a água não sente qualquer satisfação em viver represada numa bolota amarela e calhar de ser confundida com pus. O gozo colado a seus caroços é o dia seguinte da libertinagem que ele não soube aproveitar, até os da abóbora têm mais charme quando se deitam ao sol.

Resumindo o personagem, o melão vem de uma linhagem bastante grosseira e nem mesmo esse contexto lhe deu jogo de cintura. Aprendeu a ser desinteressante fumando escondido com um grupo de peras maduras numa rua de condomínio logo depois do alagamento. É xacoca a ponto de não despertar a obstinação das varejeiras.

Um nome também feio, engendrado no flácido e, quando pronunciado, não deixa a boca de ninguém mais bonita. Mamão também não dá. Não dá. Não dá pra namorar alguém que se chame Mamão. Quando não tem outra fruta e estou com calor, pensando num surto de dengue, caçando aborrecimento antes de dormir para erguer um monumento insone, eu encaro.

O melão irrita demais. É de Gêmeos. Não dedicarei a ele uma só linha a mais.

Abacaxi

O que é o que é: tem coroa mas não é rei? A rainha.

Gertrudes esperava que a beleza de Ofélia fosse o alegre motivo da *loucura* de Hamlet. Cláudio, preocupando-se no ato anterior, assuntara um ardil com Polônio. Esquivado, mas tomando parte, Polônio responde a uma pergunta de Cláudio alegando que a verdade se oculta no centro da terra. A pergunta que Cláudio lhe fizera é a mais desafiante para qualquer ser participante desta aventura terrena: *mas como vamos confirmar?* O abacaxi pode confirmar, pois não é afeito a infortúnios. Posto que sua figura é bastante trágica, mas contraditoriamente régia, o abacaxi é engraçado. Mercê fazemos nós de, no instante em que ele é socado na cachaça, deixar o *jab* duplo escorrer na garganta mortal.

Na voz de Aretha Franklin, por exemplo, reina discretamente um peru com abacaxi. Roberto Carlos é a torta de abacaxi com ameixas. Pelé, que decepção, não gostava. Na goma de todas as linhas que Rita Lee escreveu: travessas e cumbucas de abacaxi picado. Clementina de Jesus pode soar indisfarçável para quem não tem qualquer intimidade com facas. E muita gente não tem tato, desperdício de uma vida inteira. Mas depois da coroa só nos resta sambar. O abacaxi está para o samba assim como desconheço seu equivalente, mas é a origem disso que chamamos de país; país só se o samba for citado.

O samba descasca a alma porque é feito da casca da alma descascada. E o abacaxi é o sol.

Coco

Coitado do morango, se a rivalidade é inerente e hegemônica. Um coco é um coco e só perde para o milho. O manteiga das frutas também atende por *sal da vida*. Água boa, carne dura, pele tímida, sombra existencial. Sabe usar colares, sabe envelhecer. Polêmica no moto-próprio? O coco é a música brasileira no cânone literomusical, um excelso complexado. *Insigne o homem cantando a encantar.* Mas catando cavaco.

Jamais sorumbático. Contudo bem-quisto, sabe que o prestígio não põe mesa, por isso circula em toda parte. Que a fama faz jus a sua faina em cozinhas, e orgulha-se de não ser unanimidade nas festas de família — bolo, bala, torta, picolé, sorvete, biscoito, granola, docinho, arroz, manjar. Quase toda saudade tem gosto de coco, a saudade que resta tem gosto de anis. O coco sabe o gosto de si mesmo, não tem saudade de ninguém.

O que faremos agora? Vou inventar mais um epíteto para o coco, o Cruz e Sousa das frutas. Vibra de dentro para fora da flora, formata o delírio pela boca, segue atual e atuante. Precisamos voltar a ler o *Evocações*, mas em voz alta, e na próxima rua de outra cidade encontraremos uma roda de? Vendendo seu CD de? Coco. Coco, coco, coco, vou morrer cantando seu nome no bingo, na feira, no aeroporto. Ah, coco, vem vadear no meu véu.

Cajá

Na ponta de cada agulha paira a extensão espacial da pele de alguém. Aproximar, afastar. Minha língua se aventura, quer se lascar e lamber, acender o núcleo do átomo. Músculo faiscado num rosário de aftas busca abrigo nos dentes; os dentes rasgam os lábios; os lábios não se apaixonam com tanta facilidade. Para dores difusas: bicarbonato de sódio.

Fui vendedora de cajá aos sete anos de idade, a balança era meus próprios dedos — magros e crus —, a moeda era o cruzeiro. A vizinhança gostava de espairecer e já de manhã gritava *Cajá!* e assim afiava a tarde e eu descia o morro do quintal em disparada, malabarista de perigos, pálio que entendia o poliedro padroeiro do prazer.

Com o cajá tenho certeza apaziguei muitos casamentos, devolvi a esperança melindrosa depois do luto, ensinei para outras crianças da minha idade lições cotidianas de suspense: primeiro a mão no porta-luvas; depois a cabeça no porta-malas; morder é devagar; algumas carnes sangram quem deseja sangrar.

Ao redor dos rádios daquela rua imunda da Alabama fluminense, em todas as casas, muita gente já tomada banho conversava. A cachorrada desiludida esfolando as garras no cimento. O Perereca empinava de bêbado. Toniqueta acompanhava. Nós três saíamos do fundo do barranco ainda vestidas.

Romã

Açude para eletricidade, a trapezista da estática é uma fruta terráquea que inspira divindade. Mas cisma em rituais, se envergonha pelo que determinaram de sua alçada: a prosperidade. E assim foi consagrada oráculo de caroços na carteira, aconselhando ao dinheiro, pela comunhão, que se multiplique. A mentira não ocasiona seu desequilíbrio. Por não ser oceano, mas represa, reza-se para as romãs em busca do contrário da escassez. Se vai chover é indiferente ao milagre.

Quem já roubou romã da vizinha no calor de um feriado nacional em janeiro sabe que a grandeza é uma ilusão, que alguns crimes compensam e que o marrom é uma cor sem qualquer serventia aos olhos. Quando mastigo um caroço de romã na verdade estou sendo treinada para virar uma notável fofoqueira — o estouro da notícia quando o gomo se rompe oferta apenas uma pequena pedra. Descapitalizada a romã, aprendemos a compaixão.

O contrário do amor, já disseram, mas contrário ao amor quem pode afirmar o que é. Hostilidade não é bom. Dos pêssegos deveria ter herdado as penas. Mas nasce em galhos secos e sedia um condomínio de cortiços. Beleza intimidadora, sem perversão, carrega uma coroa de ofensas mas é a única fruta que sabe dar minibeijos. Por ter a pele enferrujada de sol e acender um cigarro no outro, deveria se chamar Mirtes.

Nêspera

Quem já provou sabe que prestígio não põe mesa. Cunhada dos tapetes, enteada das almofadas e aprendiz de camafeu, a nêspera não passa de uma ameixa, mas é distinta. Usa um tubinho amarelo ovo de galinhas criadas em família e seus olhos de mosca-varejeira advertem que é só uma criança triste. Gosto dela. É esquisita e trambiqueira. Cultiva-se em galhos verde-marinho mas não dá bandeira.

Lições de espera e esquecimento. A nêspera é a única fruta iniciada nos tratos com uma paixão nova. Ela diz febre, ela sugere revolta, ela conclui que o platonismo não tem qualquer contraindicação. Nêspera é a bilha do romantismo e os olhos terminam por consumirem-se num áureo muito semelhante ao elemento cobre. Já a nectarina, calejada de uma paixão calejada, disfarçada com o brilho do luar das lâmpadas fluorescentes, é mais bonita à meia-luz.

Já fui feliz aos pés de uma nespereira e de tanto admirá-la, da terra, passei a andar de cabeça baixa. Mas sempre sorrindo. O ouvido versado no além. Ao lado daquela felicidade havia uma bacia de alumínio, um esguicho e uma lata de óleo Lisa. Também uma casa de cachorro mas o cachorro tinha acabado de morrer. E minha avó conversando com nêsperas a tarde inteira.

Mastigando a goma do vento, sei que é melhor amar o milho.

Manga

Já beijei a boca de tantas mangas. Toda manga é professora. Ensina latitude e o cuspe necessário para chegar ao Meridiano de Greenwich. *Uma manguinha me ensinou quase tudo que eu sei.* Não só os instrumentos de sopro, a desentupir calhas, esvaziar tonéis de gasolina, contar até cem de olhos fechados. A corrida depois de cada gol é inspirada na manga, repara que o lusco-fusco sempre camufla um filete amarelo. Rosa, Palmer, Tommy, Carlota, Haden querem distribuir notas dez em Anatomia.

A manga quase podre conduz a língua pelas faces mais planas do morro, mas a língua quer pincelar a podridão. A lição número cinco é acender a luz e falar sem parar. Conversar com a manga até ficarmos velhas e sair com a manga para comprar mais mangas. Com a boca na manga é possível conceber a materialidade da satisfação. Boca dura não, boca dura não pode. Boca de rodo puxando a água sem pressa. A cereja do bolo das frutas não é mãe nem cão, é amante, e nunca se confunde.

Sonho semana sim semana não com as minhas professoras, elas estão todas nuas no meu berço, rolam no meu berço até pararem de bunda pra cima. Não as retalho em fatias, quero sujar as mãos. Elucidam inclusive o uso da palavra *portanto*. Manga, um amor perplexo e debochado. Ensino ao sonho a embocadura número dois do sexo. Quem aprende é a manga. O sonho acorda faminto e com sede. Beijo sua boca até a hora do jantar. Queria passar a vida escrevendo sobre ela mas tenho mais o que fazer.

Melancia

Duas caras, portanto se vegetal, anfíbia. Se animal, sorvete sabor napolitano. O verde trabalha com mudanças numa cidade grande, por isso sua pele é manchada, e o marrom não carece de representação melhor que o chocolate. Portanto o chocolate teria nascido melancia se não houvesse o cacau, que é amarelado e, se fosse meio de transporte, seria um bote. A natureza não precisa dar qualquer explicação. O que hidrata, dá gases. Não é fácil ser prima do melão nem cunhada do pepino. Em comum com o pavão tem muitos atributos, atribuindo aos pavões a cor que lhes falta e que dela é exclusiva.

Melancia, melancia, sempre enche uma bacia. Geladinha é tão bom, ao natural ressoa um burburinho de arrotos. Quando eu estava grávida da minha mãe, conta-se que ela comia uma melancia inteira. Ali mesmo, em pé na pia. O pé direito apoiado no joelho esquerdo formando um quatro. Claro que não tive irmão e não há qualquer benefício em ser única. Sei apenas que nasci bastante animada, nem chorei, com uma vontade louca de mijar. Sou filha de um peido, pode perguntar pro Marquinho Pipoca, em elegância ele suplanta qualquer jaca. Enfim, no coral da vida, a melancia é a cantora banguela.

Agorinha mesmo a lua de São Paulo é o sanhaço-quimera de seu vulto sonhador.

Maçã

Tão calminha. Nem parece viver em sociedade. Mas não é sonsa, fala abertamente de seus desejos. Deu nome às bochechas e as bochechas deram origem às almofadas, as almofadas inspiraram os peitos e seremos um dia tão polichinelas quanto as britadeiras. Uma vez levei de casa uma maçã para minha professora de português. Nunca soube paquerar mas nos contos de fadas dava-se uma maçã quando se queria matar. Matar é o grau anterior ao comer e comer é o grau posterior ao beijar. No mundo ainda não havia aula de lógica e ninguém buscava a harmonia.

A maçã se recusou a sentar na mesa da minha professora de português. Me pendurei na maçaneta. Estava chovendo e a escola é mais feia quando chove. Até a cantina, muitas poças. A próxima aula era de química. Em análise sintática, roubei a maçã. Comi embaixo da mesa. *Quem é o sujeito nesta frase?* Frase, oração, é indiferente e a expectativa que provém dessa distinção dá gases. Deu gases. Dei um beijo na bochecha da minha professora. Ela nunca seria minha namorada. Eu também não precisava ter mais uma tia.

Copyright © 2023 Bruna Beber

Todos os direitos reservados. Nenhuma parte desta obra pode ser reproduzida, arquivada ou transmitida de nenhuma forma ou por nenhum meio sem a permissão expressa e por escrito da Editora Fósforo e da Luna Parque Edições.

EQUIPE DE PRODUÇÃO
Ana Luiza Greco, Cristiane Alves Avelar, Fernanda Diamant, Julia Monteiro, Juliana de A. Rodrigues, Leonardo Gandolfi, Marília Garcia, Millena Machado, Rita Mattar, Rodrigo Sampaio, Zilmara Pimentel
REVISÃO Eduardo Russo
IMAGEM DA CAPA "Mapa de frutas", por Daniel Almeida
PROJETO GRÁFICO Alles Blau
EDITORAÇÃO ELETRÔNICA Página Viva

Dados Internacionais de Catalogação na Publicação (CIP)
(Câmara Brasileira do Livro, SP, Brasil)

Beber, Bruna
Sal de fruta / Bruna Beber. — 1. ed. — São Paulo : Círculo de poemas, 2023.

ISBN: 978-65-84574-82-3

1. Poesia brasileira I. Título.

23-164723   CDD — B869.1

Índice para catálogo sistemático:
1. Poesia : Literatura brasileira   B869.1

Aline Graziele Benitez — Bibliotecária — CRB-1/3129

1ª edição
1ª reimpressão, 2023

CÍRCULO *Luna Parque*
DE POEMAS *Fósforo*

circulodepoemas.com.br
lunaparque.com.br
fosforoeditora.com.br

Editora Fósforo
Rua 24 de Maio, 270/276, 10º andar
01041-001 — São Paulo/SP — Brasil

CÍRCULO *Luna Parque*
DE POEMAS *Fósforo*

LIVROS

1. **Dia garimpo.** Julieta Barbara.
2. **Poemas reunidos.** Miriam Alves.
3. **Dança para cavalos.** Ana Estaregui.
4. **História(s) do cinema.** Jean-Luc Godard (trad. Zéfere).
5. **A água é uma máquina do tempo.** Aline Motta.
6. **Ondula, savana branca.** Ruy Duarte de Carvalho.
7. **rio pequeno.** floresta.
8. **Poema de amor pós-colonial.** Natalie Diaz (trad. Rubens Akira Kuana).
9. **Labor de sondar [1977-2022].** Lu Menezes.
10. **O fato e a coisa.** Torquato Neto.
11. **Garotas em tempos suspensos.** Tamara Kamenszain (trad. Paloma Vidal).
12. **A previsão do tempo para navios.** Rob Packer.
13. **PRETOVÍRGULA.** Lucas Litrento.
14. **A morte também aprecia o jazz.** Edimilson de Almeida Pereira.
15. **Holograma.** Mariana Godoy.
16. **A tradição.** Jericho Brown (trad. Stephanie Borges).
17. **Sequências.** Júlio Castañon Guimarães.
18. **Uma volta pela lagoa.** Juliana Krapp.
19. **Tradução da estrada.** Laura Wittner (trad. Estela Rosa e Luciana di Leone).
20. **Paterson.** William Carlos Williams (trad. Ricardo Rizzo).
21. **Poesia reunida.** Donizete Galvão.
22. **Ellis Island.** Georges Perec (trad. Vinícius Carneiro e Mathilde Moaty).
23. **A costureira descuidada.** Tjawangwa Dema (trad. floresta).

PLAQUETES

1. **Macala.** Luciany Aparecida.
2. **As três Marias no túmulo de Jan Van Eyck.** Marcelo Ariel.
3. **Brincadeira de correr.** Marcella Faria.
4. **Robert Cornelius, fabricante de lâmpadas, vê alguém.** Carlos Augusto Lima.
5. **Diquixi.** Edimilson de Almeida Pereira.
6. **Goya, a linha de sutura.** Vilma Arêas.
7. **Rastros.** Prisca Agustoni.
8. **A viva.** Marcos Siscar.
9. **O pai do artista.** Daniel Arelli.
10. **A vida dos espectros.** Franklin Alves Dassie.
11. **Grumixamas e jaboticabas.** Viviane Nogueira.
12. **Rir até os ossos.** Eduardo Jorge.
13. **São Sebastião das Três Orelhas.** Fabrício Corsaletti.
14. **Takimadalar, as ilhas invisíveis.** Socorro Acioli.
15. **Braxília não-lugar.** Nicolas Behr.
16. **Brasil, uma trégua.** Regina Azevedo.
17. **O mapa de casa.** Jorge Augusto.
18. **Era uma vez no Atlântico Norte.** Cesare Rodrigues.
19. **De uma a outra ilha.** Ana Martins Marques.
20. **O mapa do céu na terra.** Carla Miguelote.
21. **A ilha das afeições.** Patrícia Lino.
22. **Sal de fruta.** Bruna Beber.
23. **Arô Boboi!** Miriam Alves.

Você já é assinante do Círculo de poemas?

Escolha sua assinatura e receba todo mês em casa nossas caixinhas contendo 1 livro e 1 plaquete.

Visite nosso site e saiba mais:
www.circulodepoemas.com.br

CÍRCULO *Luna Parque*
DE POEMAS *Fósforo*

Este livro foi composto em GT Alpina e GT Flexa e impresso pela gráfica Ipsis em outubro de 2023. Pera, uva, maçã, salada mista, diz o que você quer sem eu dar nenhuma pista.

A marca FSC® é a garantia de que a madeira utilizada na fabricação do papel deste livro provém de florestas gerenciadas de maneira ambientalmente correta, socialmente justa e economicamente viável e de outras fontes de origem controlada.